목숨이 두근거릴 때마다

목숨이 두근거릴 때마다

유병록 시집

창비

차 례

제1부

붉은 달

붉게 익어가는
토마토는 대지가 꺼내놓은 수천개의 심장

그러니까 붉은 달이 뜬 적 있었던 거다 아무도 수확하지
않는 들판에 도착한, 이를테면 붉은 달이라 불리는 자가

제단에 올려놓은 촛불처럼, 자신이 유일한 제물인 것처
럼 어둠속에서 빛났던 거다 비명을 삼키며 들판을 지켰으나

아무도 매장되지 않은 들판이란 없다

붉은 달은 저 높은 곳에서 떨어진 것, 사방으로 솟구친 붉
은빛이 들판을 물들인 것

이것은 토마토밭 사이로 구전되는 동화
피 뿌린 대지에 관한 전설

그를 기리기 위해 운집한 군중처럼

올해의 대지에도 토마토는 붉게 타오른다 들판 빼곡히
자라난 붉은빛이 울타리 너머로 흘러넘친다

토마토를 베어 물 때마다
내 심장으로 수혈되는 붉은빛

붉은 달이 뜬다

두부

누군가의 살을 만지는 느낌

따뜻한 살갗 안쪽에서 심장이 두근거리고 피가 흐르는 것 같다 곧 잠에서 깨어날 것 같다

순간의 촉감으로 사라진 시간을 복원할 수 있을 것 같은데

두부는 식어간다
이미 여러번 죽음을 경험한 것처럼 차분하게

차가워지는 가슴에 얹었던 손으로 이미 견고해진 몸을 붙잡고 흔들던 손으로

두부를 만진다
지금은 없는 시간의 마지막을, 전해지지 않는 온기를 만져보는 것이다

점점 사이가 멀어진다

피가 식어가고 숨소리가 고요해지는 느낌, 영혼의 머뭇
거림에 손을 얹은 느낌

이것은 지독한 감각, 다시 위독의 시간

나는 만지고 있다
사라진 시간의 눈꺼풀을 쓸어내리고 있다

구겨지고 나서야

바람에 떠밀려 굴러다니던 종이가 멈춰선다 무엇을 골똘히 생각하는 표정으로

세계의 비밀을 누설하리라 다짐하던 때를 떠올렸을까 검은 뼈가 자라듯 글자가 새겨지던 순간이 어른거렸을까 뼈를 부러뜨리던 완력이 기억났을까

구겨지고 나서야 처음으로 허공을 소유한 지금은 안에서 차오르는 어둠을 응시하고 있을까

안쪽에 이런 문장이 구겨져 있을지 모른다
빛의 속도를 따라잡으면 시간을 거스를 수 있지만 어둠은 시간의 죽음, 그 부피를 측량하면 시간을 지울 수 있을 것……

문장을 완성한 후에 의미를 깨달은 것처럼

종이는 상처를 끌어안은 채 잔뜩 웅크리고 있다 내 눈동

자에서 어떤 적의를 발견한 듯이

　구겨진 몸을 다시 펼치지 말라는 듯이 품 안에서 겨우 잠
든 어둠을 깨우지 말아달라는 듯이

사자(死者)의 서(書)

거기에서는
죽은 자의 피부를 벗겨 가까운 사람들이 나눠 가진다더군
아끼는 책을 장정하고 이름을 새긴다더군

죽은 자는 책이 된다더군

아이가 태어나 글을 익히면
최근에 죽은 자의 피부로 감싼 책을 선물한다더군
그를 대부로 삼는다더군

거기에서는
몇권의 책을 장정하며 성인이 된다더군
결혼을 서약할 때는 책에 손을 얹고
여기 장엄한 생을 두고 맹세합니다, 말한다더군

때가 되면
가까운 사람들의 이름을 유언으로 남겨야 한다더군

거기에서
죽은 자는 몇권의 책이 된다더군
문자의 외투가 된다더군

늙어서 죽은 자는 지혜의 책이, 젊어서 죽은 자는
혁명의 책이 된다더군
아이가 죽으면 예언서가 된다더군

삶에 관한 의문이 드는 저녁에 쓰다듬는
한권의 생이 된다더군

검은 꽃

죽은 자의 폐에서 발견되는 다량의 흙은
산 채로 매장된 흔적

산 자의 기억과 죽은 자의 꿈이 뒤섞이는 자정의 세계에서
눈 감으면
검은 구덩이에 파묻히는 느낌

숨을 들이마실 때마다
검은 공기가 밀려들며 목구멍을 가로막는다

벗어나려 애쓸수록 숨통을 잠식하는
검은 모래는
쌓이고 쌓여 비탈을 만드는 습성이 있다

점점 폐활량이 줄고
기침의 순간을 지나 침묵에 다다를 때

검은 구덩이는 내가 팠다는 생각

대낮의 소란이 나를 일으켜
구덩이 밖으로 꺼낸다면
누가 내 가슴을 열어 비탈을 발견한다면

자, 받아라
검은 꽃 한송이

진흙의 문장

골목에서 아이들이 진흙을 던지며 뛰어다닌다 소녀들의 원피스는 쉽게 더러워진다 저녁이면 늙은 여인들이 부둥켜안고 싸우거나 부둥켜안고 운다

피와 땀이 섞인 곳, 생활과 치욕이 뒤엉킨 곳, 물도 흙도 아닌 오물에 가까운 무엇, 부서지는 소리와 썩어가는 냄새의 뒤범벅……

진흙의 독이 퍼진다 누가 그 침범을 막을 수 있겠는가 중독된 자가 이곳을 떠날 때, 골목으로 난 창문을 한없이 더럽히는 진흙

발을 더럽히지 않고서는 지날 수 없다
무거운 생이 지나갔다 한들
그 발자국을 오래 남겨두지 않는다

북 치는 사내

때리면 운다, 그런 점에서
인간은 타악기처럼 다루어야 한다는 음악론을 펼치며
사내가 연주를 시작한다
온몸으로 우는 것이 타악기의 윤리이듯
여자가 갓 만든 북처럼 둔탁하게 울린다
두드릴 때마다
더 깊은 곳에서 소리가 흘러나온다
질 좋은 가죽이란 숱한 무두질 끝에 완성되는 법
북으로 말씀드리자면
사나운 짐승의 가죽일수록 깊은 소리를 낸답니다
뜨거운 울음을 삼킨 가죽만이
음악을 온전히 이해할 수 있죠
아름다운 소리를 얻을 때까지 더 세게 더 경쾌하게
북을 치는 사내

다들 안심하세요
능숙한 연주자는 가죽을 찢는 법이 없으니까요
찢어진다 해도 짐승 따위는 얼마든지 있답니다

지붕 위의 구두

그러니까 어떤 힘이 염소를 끌고 저 높은 곳으로 올라간 것이다 난간에 묶어두고 사다리를 치운 것이다

벼랑에 서서 무슨 생각을 했을까 지금은 다 망가진 뿔로 구름을 들이받으려 했을까 곡선의 시간을 지나오느라 한쪽으로 기운 발굽을 쓰다듬었을까

오후의 햇살 속에서 조그맣게 울먹이기도 했을까

아무리 둘러보아도 한 뼘의 초원이 보이지 않을 때, 자신의 뒷발로 사다리를 밀쳐낸 기억이 떠올라 흰 털들이 곤두설 때

이 세계를 들이받기로 결심했던 것일까

빛나는 털을 가진 세계도 어두워질 때, 두고 온 이름들이 눈동자 속으로 절뚝절뚝 걸어들어올 때

노을빛이 스러질 때

반짝, 발굽이 빛났던 것이다

곧 빠져나갈 체온의 질감을 간직해두려고 염소는 빛을
구부려 매듭을 만들었던 것이다 캄캄한 길 나서기 전에 구
두끈을 고쳐 매듯이

구덩이

참지 못한 저녁에는 구덩이를 파네 머리를 밀어넣고 지금은 없는 이름을 불러보네

황홀이라고, 행복이라고, 사랑이라고, 가슴에 새기려고 되뇌던 말을 이제는 잊으려고 반복해야 하네

구덩이를 메우네 꾹꾹 다지고 돌아오네

도저히 참지 못한 저녁에는 커다란 구덩이를 파고 들어가 쪼그려 앉네 무릎을 끌어안고 현기증을 앓네

모두 묻어버린 저녁이라 믿었는데

왜 더듬거리지도 않고 그곳을 찾아가는지 언 땅을 파고 묻은 것들 꺼내보는지

구덩이를 다시 메우고 돌아오다 쓰러지고 마는
여기도 구덩이를 팠던 자리

발밑 저 깊은 곳에서 들리는 목소리, 오래전 참지 못한 저
녁에 묻어둔 또 당신의 이름

유적지 혹은 유형지

수십기 고분이
푸른 왕관처럼 펼쳐진 유적지에서
종이 금관을 쓴 아이들이 뛰어다닌다
누구나 왕을 꿈꾸었으며
실제로 누군가는 왕으로 죽었지

무덤 안쪽
십수세기 전의 죽음을 들여다본다
왕이시여
많은 자는 살아서도 이만한 집을 가진 적이 없나이다
이 많은 방문객을 맞은 적이 없나이다

그러나 비애의 빗금이 비켜가는 금관이란 없다
한때 슬픔으로 빛났으며
고통이 오래도록 머물렀을 금관
왕은 죽어서도 벗지 못한다
금관이 왕을 내려놓을 뿐

밖으로 나오자
들어가지 말라는 안내 표지를 무시하고
고분 위로 올라간 아이가
환하게 웃으며 미끄러져 내려온다

무엇인지도 모르고
금관을 머리에 쓴 어린 왕처럼

웃음

검은 행렬이 이동한다 구부러진 길을 따라 눈 쌓인 비탈을 지나 천천히 걸어간다

자꾸 무릎이 꺾여 주저앉는데 얼어붙은 표정으로 고개를 주억거리다 가슴을 치다 울음을 터뜨리는데

선두에서 죽은 입술이 피리를 부는가 관 속의 두 손이 북을 두드리는가 행렬은 멈춰서지 않고

앞세우고 가는 사진 속 얼굴은 웃고 있다 죽음이 틈입한 흔적은 보이지 않는다

그대, 살아서 이렇게 환하게 웃은 적이 있었던가
살아서 이만한 대열을 이끈 적 있었던가

바구니 같은 눈송이들이 지상으로 내려오고 외투들은 서로 부둥켜안은 채 앞으로 나아간다

웃음이 통곡의 대열을 이끌고 행진한다

흰 이야기

고함이 이렇게 크다니
눈도 뜨지 않은 것들, 흰 털 속에 무수한 힘줄을 숨긴 것들
무럭무럭 자라 내 목을 조이겠지 나를 몰아내겠지
가만히 앉아 당할 순 없어 희생 따위는
한무더기 푸성귀만 못하지
토끼의 귀가 팽팽하게 일어선다 뭉뚝한 기억을 딛고
이빨이 뾰족해진다
차례차례 잠든 새끼들의 숨통을 끊는다
털 속으로 흐르는 식은땀
죄는 이빨이 아니라 몹쓸 자궁에 있지
통째로 들어내고 싶어
두근거리는 맥박을 꺼내고 싶어
질질 흘러나오는 젖이 역겨워 거식증을 앓겠지만
털갈이하는 계절이 오면
잃어버린 식욕도 되찾으리라

목숨이 두근거릴 때마다
흰 토끼가 숨통을 물어 벽에 던진다

천둥의 밤이 고요해질 때까지
털 속의 불안이 다 지나갈 때까지

구부러지고 마는

혼자 고통을 견디다 쓰러진 자들은 대개 엎드린 상태로 발견된다

지구에서 쓰러지면 지표면만큼 휜다

육교처럼 엎드린 채 고통이 지나가길 기다려야 한다

아무도 부축하지 않는 생은 지구가 업고 간다

구부러진 자들은 두 손으로 지구의 목을 꼭 끌어안는다

엎드린 채 죽어간 자들을 바로 누여 장례를 치르려면 기다려야 한다 지구가 내려놓을 때까지

저 맑은 하늘에

물에서 태어난 자에게 육지란 모두 사막인가 오랫동안
목마른 세월을 지나는 중인가

서걱서걱 발 빠지는 소리 들리고

사막을 건너는 영혼도 밤이면 성욕을 어쩌지 못하는가
캄캄한 어둠에 구덩이를 파고 새끼를 낳기도 하는가

구름들 무럭무럭 태어나는데

척추를 부수는 일격처럼
번개가 친다 저 무력한 자들 비틀거리며 피를 흘린다 그
흔한 비명도 없이 부서진다

곧
도살당한 무리는 한점 흔적도 없이

제2부

침대와 화분

여기 살아 있는 건 둘뿐이다

무수한 고통이 찾아와 쓰러지는 침대와 한밤중에도 눕지
않는 화분

일어서지 못하는 침대가 화분에 침을 뱉는다 화분은 치
욕에 담긴 몇모금의 연명을 향해 뿌리를 뻗는다

화분은 꽃을 보여준다
사라지는 시간을 움켜쥐려는 손가락처럼, 그러나 고통스
러운 순간의 두 눈을 가리려는 손바닥처럼
붉게 피어나는 치욕을

침대는 주먹을 보여준다
다가오는 마지막을 내리치려는 둔기처럼, 그러나 아무것
도 기억하지 않으려는 강경함처럼
단단해지는 적의를

이 기묘한 동거를 연애라 불러도 좋을까

시간을 일으켜 세울 수 없는 침대의 완력과 살아서는 여
기서 한발짝도 걸어나갈 수 없는 화분의 직립

고개를 돌리려다 자꾸 눈이 마주치는
적의와 치욕은 닮았다 우연에 불과한 데깔꼬마니처럼

엘리 엘리 라마 엘리베이터

엘리베이터는 무엇이든 들어올린다

거리를 쏘다니던 가방과 그림자, 병든 지팡이와 활짝 핀 브로치도 저녁이면 엘리베이터에 담겨 집으로 간다 구원받은 표정으로 열쇠를 만지작거리며

하늘 가까운 곳으로 올라가는 엘리 엘리베이터

누가 도끼질을 하는 것일까 가끔 멈춰서기도 한다 벽과 천장이 사라지고 사방은 낭떠러지가 된다 허공에서 공포에 떨던 사람들은 한동안 계단을 이용하지만 엘리베이터는 힘이 세다 불안조차 들어올린다

드물지만 엘리베이터를 타지 않고 지상으로 내려오는 자가 있다 높이를 실감한 자와 남은 자들이 베란다에서 눈송이처럼 뿌려대는 울음, 그러나 곧 몇켤레의 구두와 울음을 싣고 사라지는 엘리베이터

아침이 오면 허공에 누워 있던 사람들을 일층에 내려놓는다 빛과 어둠의 경계에 부려놓는다

두근거리는 심장도 풍자의 입술도 한계 용량을 넘지 못한다

붉은 호수에 흰 병 하나

딱, 뚜껑을 따듯
오리의 목을 자르자 붉은 고무 대야에 더 붉은 피가 고
인다

목이 잘린 줄도 모르고 두 발이 물갈퀴를 젓는다
습관의 힘으로 버티는 고통
곧 바닥날 안간힘
오리는 고무 대야의 벽을 타고 돈다

피를 밀어내는 저 피의 힘으로
한때 구름보다 높이 날았다
죽은 바람의 뼈를 고향으로 운구하거나
노을을 끌고 툰드라 지대를 횡단하기도 하였다

그런 날로 돌아가자고 날개 퍼덕일 때마다
더 세차게 뿜어져나오는 피

날고 헤엄치고 걷게 하던 힘이 쏟아진다

숨과 울음이 오가던 구멍에서 비명처럼 쏟아진다

아니, 벌써 따뜻한 호수에 도착했나
발아래가 방금 전까지 제 안에 흐르던 뜨거운 기운인 줄
모르고
두 발은 계속 물갈퀴를 젓는데
조금씩 느려지는데

오래 쓴 연필처럼 뭉뚝한 부리가 붉은 호수에 떠 있는 흰
병을 바라본다
한때는 제 몸통이었던 물체를
붉은 잉크처럼 쏟아지는 내용물을 바라본다

목 아래에는 아무것도 남지 않았는데
발 담갔던 호수들을 차례로 떠올리는 오리는
목이 마르다
흰 병은 바닥난 듯 잠잠하지만
기울이면 그래도 몇모금의 붉은 잉크가 더 쏟아질 것이다

사과

둘로 쪼개진다

부풀어오르면 균열이 많아지고 반경이 넓어지면 경계가 길어지는

팽창의 역사가 증명해온 습성

커다랄수록 쉽게 쪼개진다 쉽게 둘이 된다

지척이었던 거리 아득해진다

사이에 계곡이 깊고 안개는 물러나지 않는다

다리를 놓아도 금세 무너져내리고 건너간 자는 드문 곳

균열은 무너뜨리기 위해서가 아니라 무너지는 것을 위해 찾아온다

시간에 누적된 균열은 뒤늦게 발견된다

균열의 나이테라 불리는 시간

쪼개진 단면은 붉게 변해 서로 낯선 얼굴을 한다

비애가 탄생하고 죄와 용서가 분리된다

바다를 사이에 둔 대륙처럼 멀어지고 서로를 모방하는
표정이 실패할 때

이쪽 기슭의 눈먼 벌레들이 더이상 저쪽의 시간으로 건
너가지 못할 때

사이에 부는 바람에도 균열이 인다

짐짝들

무거운 발자국 남기며
수백근 시간을 짊어지고 가는 자를 보았다

대지는 거대한 저울
발자국으로 짐승의 몸집을 가늠하듯
무게를 짐작하는 사이
짐짝은 더 크게 부풀어오르고

몸집보다 커다란 짐짝을 떠메고 가던 자
짐짝들을 내던지더라

나는 보았다
부서진 짐짝 밖으로 쏟아져나온, 검은색이 대부분인 조
각들 사이에서 드물게 빛나는 순간을

짐꾼은 망설이지 않고 부수더라
몇개의 빈 상자마저 내던지더라

다 내던지고 나서야
가장 곤란한 짐짝이었던 자신을 벗어 던지더라

나는 보았다
검은 코끼리 떼가 나타나
대지에 놓인 짐짝들을 흔적 없이 부수며
수평선을 향해 달려가는 모습을

한 양동이의 어둠을 뒤집어쓰고

오물로 가득 찬 우리가 마치 천국인 것처럼
돼지들이 도망쳐다닌다
눈도 뜨지 않은 새끼들처럼 비명이 사방으로 뛰어다닌다
그러나 누군가 붙잡혀야 끝나는 불안

동아줄이 목 하나를 옭아매는 동안
죄책감을 나누듯이, 나누면 적어진다는 듯이
돼지들은 한쪽 구석에 모여 있다

선택받은 머리에 한 양동이의 어둠이 쏟아진다
더이상 죽음의 냄새가 나지 않는지
품속으로 기어드는 비명
돼지는 은빛 왕관을 쓴 채 늠름하게 끌려간다

준비된 장소에 도착해 왕관을 벗기자
이미 세상을 건너간 눈동자
칼끝에 스민 죽음이 뒤늦게 비집고 들어오자
목에서 흘러나오는 붉은 목소리

다 내게로 오라 내 너희를 배부르게 하리라

일성(一聲)을 끝으로
뒤집어놓은 왕관에 고이는 피

드디어 왕의 피와 살로 준비한 잔치가 시작된다

밀고 간다

창궐한 부재가 밖을 내다본다 의자에 앉아 네가 나타나
는 꿈을 꾸다 깨어난다

시간은 바닥날 기미가 없지만
정적은 부재에게도 무겁다

곧 올 거야
밤이 저문 뒤에 여름이 오고 오후가 사라진 후에 눈이 오
듯이
돌아올 거야

부재가 창문을 연다
가구에 쌓인 먼지를 닦고 바닥을 쓸어내지만
너는 오지 않고
부재는 눌변이 되고 말더듬이가 되고 마침내 침묵이 되고

아직 오지 않았으니까 그만큼 가까워진 거야

사라진 네가 사라지지 않는 그 집에서
초로(初老)의 부재는 아직 기다리고

시간은 간다
너의 침묵이 밀고 간다 너의 부재가 밀고 간다

물속의 나는 울지 않습니까

울음이 태어나는 곳, 물속의 생이 걷는 법을 배우는 곳,
발자국이 생기고 후회가 생기는 곳에서

저 사내는 몸을 휘감던 바람을 떠올리고 있을까 허공으
로 달아나던 물기를 기억하려 애쓰는 중일까

무릎을 내려놓고 실패한 걸음을 번복하려는 듯, 말을 내
려놓고 울음을 내려놓고 모두 없던 일로 되돌리려는 듯
　수평선을 바라보는데

여기는 천천히 무너져온 해안선, 육지가 끝나고 바다도
끝나는 곳, 파도치는 심연

여자의 가랑이 아래 고개를 처박고 사내가 묻는다

거기 물속의 나는 울지 않습니까
다시는 물 밖의 생을 꿈꾸지 않기로 했습니까

빙하흔

매몰찬 세리들이 온기를 거두어간 이마, 지나온 길에는 살점들이 떨어져 있다 코와 귀는 잃어버린 지 오래, 지금은 눈꺼풀이 떨어져나간 눈으로 가로지르는 영하의 밤

시간조차 얼어붙어 동상은 아주 느리게 사라지고

균열 안쪽을 들여다보면 딱딱하게 언 바람과 구름의 파편 그리고 차갑게 식은 별빛이 잠들어 있다

따뜻한 나라에 닿으면 바람은 바람으로 구름은 구름으로 별빛은 별빛으로 돌아갈 텐데 그는 흔적도 없이 녹아버릴 텐데

느린 속도로 불구의 세월을 횡단하는 빙하

그가 지나간 길에 여러갈래 빗금이 이어져 있다 불꽃이 일었던 흔적이, 눈부신 당신의 필체가

외투

운 좋게
재활용 의류 수거함에서 아직 쓸 만한 옷을 꺼낸 셈이다

근사한 편은 아니지만
외투는 따뜻하다
안개 피어오르는 구덩이를 숨기기에 적당할 만큼 두껍다

주머니 속에는
앞선 주인들의 메모와 지나간 겨울의 지폐 몇장이 들어
있다

나는
근엄한 말투로 예절을 이야기하기도 한다
다정한 표정으로
생활에 대한 조언을 건네기도 한다

아무에게도
구덩이를 들키지 않는다

이제
옷을 벗어도 구덩이가 보이지 않는다

알몸이 되어도
사랑은 시작되지 않는다

중력의 세계

관을 내리치는 못질처럼 쏟아지는 비

구름의 시절은 땅속으로 질주해 사라진다 딱딱한 세계에
도착한 물방울은 부서진 몸으로 흘러간다

굽이를 지나 낭떠러지에서 뛰어내리는 물방울, 뼈가 부
서지고 체온이 탈출한다 살점이 공중으로 튀어오른다

수차례 정신을 잃고 혼절하는
누군가의 통증을 이해한다는 것은 오래된 오해, 구름은
지상의 비명에 귀 기울이지 않을 것

더는 견고한 무엇도 남아 있지 않은데 무엇도 일으켜 세
우지 못하는데

조금씩 더 남루해질 테고 끝내 구름의 체온을 회복하지
못하겠지만

물방울은 흘러간다
부득이한 중력의 세계에서
누더기를 걸친 성자처럼

분명 이 근처에

계단이 사라졌다
놀라지 않는다 계단이란 종종 사라지곤 하니까

곧
계단 위의 집이 사라졌다는 걸 깨닫는다
태연한 이곳에서
내가 산 적이 있긴 한 걸까

다른 곳에서
집이 나를 기다리는 건 아닐까

유리창 밖으로 부풀어오르던 불빛도, 옥상에서 펄럭이던
세월도, 시간을 붙잡아둔 몇개의 액자도 모두 사라졌는데

눈이란 믿을 게 못되지

분명
이 근처에 계단이 놓여 있을 거야 저 높이에 창문이 매달

려 있을 거야 그 위에 붉은 지붕이 있을 거야

  희망은 순식간에 한채의 집을 짓고

  나는 그 안으로 들어가 불을 켜고 밥을 짓고 여기가 몇번
째 집인지 묻지 않고

  잠든다
  얼마 전까지 황무지였고 잠시 집이었으며
  다시 허허벌판이 될 이곳에서

찌르레기

과수원을 날아다니던 찌르레기가
사과나무로 잽싸게 날아들었소
문을 부수고 종이 봉지 안으로 쳐들어갔소

다 알고 왔노라며
사과의 목에 부리를 겨누었소 다 알고 왔느냐며
사과는 피하거나 도망하지 않았소

찌르레기는 평소 지니고 다니던 흉기로
수차례 목과 배를 찔렀소
현장을 떠나지 않은 채 머물렀소
붙잡힐 때까지 흉기를 숨기지도 않았소

사건은 치정극으로 종결되었소
사과가 자신의 애인을 데리고 도주한 사실에 격분해
이 같은 일을 저지른 것

나무마다 몇개의 벌레 먹은 사과가 열리듯

치정극은 일어나는 법
꽃을 사랑한 찌르레기에게 통속이란 없소
찌르레기는 의연하여 뉘우치는 법이 없소

입속의 무덤

이름이 있다
다른 이들의 손이 닿지 않는 곳에 숨겨둔, 아무도 없는 밤
에 아껴서 발음하는

병약한 아기의 부모가 누구도 외우지 못할 만큼 길게 지
은, 그러나 결국 악령에게 들켜버린 이름처럼

부르지 않으려 기억하는 이름이 있다

여러번 개명하지만 곧 들키고 마는
입속에 묻힌 이름이 있다

제3부

빨강

아무래도 나는 빨강이 되어가는 중이다

빨강을 만난 건 겨울이었거나 겨울이 아니었더라도, 그
는 흰 눈 위에 떨어진 핏방울 혹은 얼음 속의 불

우리 잠시 스쳤을 뿐인데

묻었나봐
꼭 여며두었던 소매 끝이거나 긴 목도리의 한쪽
열꽃이 번지고

나는 사흘에 한번 빨강을 앓고 하루에 한번 그를 앓으며
빨강이 되어간다

빨강은 얼어붙은 불이었거나 불타는 얼음

이미
날은 어두워졌는데 얼음은 관용의 기미조차 없는데

몇켤레의 빨강 발자국 지나간다 구름 위 어느 따뜻한 나라에서 실수로 떨어뜨린 사과처럼 몇개의 붉은 지붕이 빛난다

  빨강은 죽어간다
  그리고 아직은 살아 있다

  색(色)에 빠지면 흑백의 세계로 돌아가지 못한다는데

  나는 붉어진다
  홍조를 띤 것처럼 빨강이 되어간다 불타오를수록
  추운

흑경(黑鏡)

지붕을 도둑맞은 것 같은 저녁에는

길에서 생을 마감한 자들에게로 간다
머리 위를 무너뜨리려던
하늘이 보일 때까지
지붕을 만나 지붕을 부수고 높이를 만나 높이를 부수던
자들을 찾아간다

지붕이 없으면
온기는 곧 사라지고 말은 허공으로 흩어지는데

숨을 수도 피할 수도 없는 땅에서
하늘마저 부수던 자들
이마를 다치고 눈이 멀고
끝내 무너져내리는 어둠에 깔려 숨을 거둔 것

그들은 죽어서도 지붕 아래 있기를 거부했으므로

여기는 봉분도 비명(碑銘)도 없는 땅
돌아눕지 않는 자들의 묘역

자정의 하늘에는
딱딱한 지붕이 아무렇지 않은 듯 매달려 있다

나는
근엄한 얼굴로 내려다보는 하늘을 오래 바라보았다
거울이 아닌 적 없었던 캄캄한 하늘에
내 광대뼈가 환하게 비칠 때까지

피사체

잠든 자를 기록한 적이 있는가

손가락 사이로 시간이 흘러내린다 눈동자에서 떠돌던 얼
룩은 희미해진다

자정은 무엇을 잃어버리는 시간
시간을 잃어버리는 무엇

벌어진 입술 사이로 말이 새어나온다 대낮에 과묵한 자
는 한밤중에 달변이 된다

나는 깨어 있는 자의 말을 믿지 않는 편이다

관 속에 놓인 것처럼 거의 숨을 쉬지 않는다 고통도 슬픔
도 잊은, 모두 다 아무렇지 않다는 표정인데

악몽이 흘러드는가 거친 숨이 오가는 입술과 점점 일그
러지는 얼굴

그러나 평화하라

꿈의 미덕은 깨어난다는 것, 아침이 오면 간밤의 기억은

까맣게 타버릴 테니

눈을 떠라

더이상 도망칠 곳 없는 한덩어리의 초라한 짐승아

식탁 혹은 신탁

용서받지 못할 악행의 냄새가 몸에서 지워지지 않을 때,
뉘우쳐도 소용없는 독이 온몸에 퍼질 때

내 오래된 신전으로 간다

더이상 현기증이 일지 않는, 더이상 튕겨나가지 않는, 여
기는 지구의 자전축, 피 흘리지 않는 성소(聖所)

누가 이름을 불러줄 때까지 기다리는데

아무도 찾지 않는다 애야, 그만 나와라, 너 거기 있는 거
다 안다, 말해주지 않는다

아무도 용서해주지 않는다

나는 쪼그리고 앉아 오랫동안 불러보지 않은 내 이름을
불러본다 기다림이 두려움으로 변할 때까지 공포의 얼굴이
환해질 때까지

날 용서할 수 있을 때까지

저기 흰 산을 두고

웅크린 돌, 고통받기 싫은 돌, 비명을 지르는 돌…… 구르
는 법밖에 모르는 돌

더러워진다
진창에서도 꽃밭에서도 구른다 앞서가던 돌이 어딘가에
닿지 못한 채 사라지는 비탈에서도 구른다

부서질수록 구(球)에 가까워진다 필요한 만큼 작아지면
눈이 된다

돌은 지독한 근시, 구르는 만큼 보인다 작아지는 만큼 시
야가 길어진다

저기 흰 산을 두고

돌의 무게가 돌을 굴린다
눈썹이 없는 돌, 눈꺼풀이 없는 돌…… 구른다

더듬더듬 온몸으로

가도 가도 기울어진 세계에서

나비

물과 공기의 경계에서 나비가 난다

꽃에 날아든 나비처럼 사내는 물속을 응시한다
어둠속에 있으면 조금씩 환해지듯
오래 들여다보면
본 적 없는 심연까지 밝아질까

먼 곳에서 물 길어오는 짐꾼처럼
휘청거리며 온 길
오른손에는 삶을 왼손에는 죽음을 매달고
절뚝거리며 도착한 곳

숨 막히던 세월은 흘러갔다
귀를 열고 흘러나오는 소리와 배꼽을 열고 나오는 배고픔
물살을 뿌리치던 시간도 떠내려간다

눈도 입도 닫고 귀마저 닫았으니
고통은 끝났다

두 팔도 그만 멈추었는데

꿀을 빠느라 정신이 팔린 나비를 붙잡아 들어올리듯
누군가
사내를 물 밖으로 꺼낸다

나비는 꽃잎을 떠날 때 영혼을 두고서 날아간다

흰 박쥐의 일을 여기에 적어둔다

문을 열자
어둠속에서 박쥐가 문을 들이받고 있었다

흰옷을 입은 그는
이 고장으로 이사한 집을 찾아다니며
믿음을 설파하는 자 같았다

무신론자임을 밝히며 정중히 거절하듯이
문을 닫으려 했지만
그럴 만한 권리가 있는 것처럼
박쥐는 집 안으로 날아들어와 천장에 매달렸다

어리둥절해하며 희고 앙상한 날개에 손을 대보았을 뿐
인데
숨과 숨 사이가 멀다

사이의 고요에 귀를 대본 적이 있었다
잊지 않기로 다짐했던 그 이름이 기억나지 않았다

아무것도 떠오르지 않았는데
박쥐는 다시 문을 들이받기 시작했다
문을 열어주자
어둠속으로 사라진 박쥐와
손끝에서 맴돌다 날아가버린 두근거림

울음소리가 들렸다
천마리 박쥐가 사방에서 울고 있었다

눈사람

입김을 내뿜으며 서 있더라

차오르는 분노가 입김이 되는지 물러서지 않는 마음과
반죽이 되는지

입김은 단단해지더라

누구를 향해 던질 수도 있을, 누군가를 내리칠 수도 있을,
그게 자신일 수도 있을
벽돌이 되더라

몇개의 벽돌을 쌓아야 성이 되는가 따뜻한 곳으로 들어
설 수 있는가

기척 없는 시간 속에서
벽돌은 투명하게 쌓일 뿐인데

체온을 헐어 입김을 만들더라 멈추지 않고 부서지는 성

을 쌓더라

하나의 성이 되어가는 자가 거기 있더라

문 너머에

칼날이 지나간 저 흉터는
닫힌 문
안으로 들어가서 밖으로 나오지 않는 자가 있다

도망다니는 그가 찾아왔을 때
은신처 하나 없어서
내가 유일한 건축이어서

다급하게 만든 문
아무도 찾을 수 없도록 못질한 벽

더이상 아무도 그를 쫓지 않는데

문은 안으로 잠겨 있다
벽을 두드려도 대답이 없다

귀를 기울이면
그는 어떤 기록을 남기는 중인 것 같다 밤의 낮에 대해,

안의 밖에 대해
　그리고 너의 나에 대해

　무덤처럼
　작은 창 하나 없는 어둡고 비좁은 방에서

파란 대문

아직 인간이라고밖에 부를 수 없는 자가
차갑고 딱딱한 느낌을 열고 나온다

빚진 울음을 갚으러 온 것처럼 울먹이는 자들의 자책이
즐비하다

놀랍게도
자신들에게 죽음을 물리칠 힘이 있었다는 듯이

그의 이름을 부르는 자들
그가 대답한다면 소스라치게 놀라고 말 목소리들

누구를 위해 눈물 흘리느냐 묻는 것처럼
그것이 어리석은 일은 아니라는 듯이
파란 대문이 조문객들을 바라본다
자책의 순장(殉葬)에 가담하지 않는다

누구도 비극의 원인을 독점하지 못한다

더이상 인간이 아닌 자가 떠나고

대문이 닫힌다

차갑고 딱딱한 표정으로

뿔

어느 진화의 골목에서
잃어버린 게 있는 것 같다 아무래도 내던지고 도망친 것
같다

대지를 뚫고 자라나는 흰 나무처럼
크고 멋진 뿔을

뿔을 잃어버린 나와 나를 잃어버린 뿔
잃어버린 것은 잃어버린 것인데

하늘에는
어둠에 쫓기던 자들이 내던진 뿔처럼 아득하게 별이 빛
나고

지상에는
뿔이 없는 자들의 무용한 노력이 일으켜 세운 굴뚝과 십
자가와 첨탑……

가진 적 없는 것을 잃어버렸다고 말하는 자들을 이해할
수 있을 것만 같은 밤

두 손으로 만져보았다
빛나지 않는 그러나 뿔인 게 분명한 나를

입술

하늘에서 내려온 줄을 물자 물고기의 몸이 솟구친다 비늘에 닿는 공기의 질감, 젖은 외투를 벗는 기분

육지를 가볍게 뛰어넘어 공기의 생에 닿으려던

입술에서 시작한 고통이 온몸에 퍼진다 지느러미는 너무 작은 날개, 물 밖의 생을 꿈꾼 죄를 실감하고

칼날이 살을 발라낸다 가시만 남은 몸으로 풀려난다

물속으로 들어가지 못하고 납작하게 떠오른다 살점이 있던 자리에 물이 또 바람이 차오른다

핏물이 수면에 번지고
한쪽 눈은 물 밖을 한쪽 눈은 물속을 응시한다 시야에서 정오의 세계와 자정의 세계가 겹친다

지금은 바람으로 물의 기억을 말리고 물로 바람의 꿈을

씻어야 할 때

　바람의 목소리로 또 물의 목소리로 중얼거리며 입술이
떠내려간다 물의 바깥에서 바람의 외곽에서

완력

땅에 묻힌 자가 팔을 내밀듯
피어나는 꽃
아름다운 완력도 시간을 구부리지 못한다
부러지는 손가락처럼
뚝뚝
꽃잎 질 때
누가 저 오월의 반지를 약지에 끼우고
이 들판을 등지리라

제4부

붉은 밭

멈추지 않고 떨어지는
불굴의 중력이라고밖에 부를 수 없는 빗방울들

붉은 밭은
오래도록 지키지 못한 약속이 있다는 표정으로
하늘을 바라본다

지나가는 자들은 말하지
그만하게, 태양을 파종하던 시대는 지나갔다네

붉은 밭도 모르는 바 아니지만

이번 생은
지난 생의 약속을 물려받은 무심결에 불과하다는 생각,
다시 시작해야 하네 지난 생에 실패한 일

구름궁전을 짓는 벽돌공처럼, 파도를 옮겨적는 바다의
필경사처럼, 그 후손들이 물려받은 운명처럼

이번 생에서도 약속을 지키지 못할 것만 같은데

기억하지 않으려는 붉은 밭은 기억하려는 붉은 밭에게
패배한다
다시
태양의 아이들을 기다린다
악천후의 들판에서

망치

여기 망치가 있다
쇠를 두드려 장미꽃을, 얼음을 두들겨 태양을, 무덤을 내
리쳐 도시를 만든

망치는 무엇이든 만들어내지만

함부로 뭉개진 얼굴
눈이 감기고 귀가 잘리고 입이 틀어막힌
둔기의 윤리

괜찮소 누구나 귀머거리가 되니까 누구든 벙어리가 되니
까 언젠가 숨 쉬지 않는 자가 될 테니

없는 눈을 감은 채
망치는 자신이 만든 세계를 힘껏 내리친다

그의 사랑은 어차피 한가지 방식뿐이니까

장미꽃을 두드려 겨울을, 태양을 두들겨 밤을, 도시를 내
리쳐 무덤을 만드는
　　둔기의 본분

어깨 위에 있는 자는 누구입니까

걷는 자여
몇세기 동안이나 길을 잃고 헤맨 얼굴로 지구 몇바퀴를
지나온 행색으로

따뜻한 집을 찾아가는 중입니까

일행도 지팡이도 없이
이미 목적지를 지나친 것처럼 애초에 목적지가 없는 순
례처럼

어디로부터 멀어지고 있습니까

떠나온 곳조차 기억하지 못하는 자여
굽은 어깨 위의 짐은 무엇입니까

흐느낌을 감출 수 있는 방법을 단 하나밖에 알지 못하는
그리하여 걷는 일은 애도이며 형벌인

당신 어깨 위에 있는 자는 누구입니까

더이상 묻지 말아달라는 표정으로 불길한 이름을 알리고
싶지 않다는 눈빛으로

걷는 자여
어깨 위의 죽음이 자라서 혼자 걸을 수 있을 때까지 멈추
지 않을 작정입니까

사탕

인간이 한번도 지나가지 않은 골목에서 눈사람소년이 눈
사람소녀에게 사탕을 건넨다

사탕이 다 녹으면 마치 지구도 사라질 것처럼 가만히 물
고 있는 소녀

달콤하니까
잠시 잊을 수 있을 것 같다 울지 않을 수 있을 것 같다

그래도 사탕은 녹는다

캄캄한 벼랑 아래로 돌을 던져 그 깊이를 짐작하듯 사탕
이 녹는 소리를 듣는 소년

달콤하니까
떨리지 않는 목소리로 이야기할 수 있겠다 희미하게 웃
을 수도 있겠다

녹는다는 건 따뜻한 나라에 도착했다는 뜻, 더이상 추운
나라에서의 일은 떠올리지 않는다는 것

곧 흰색 목도리와 장갑의 촉감만 남을 텐데

녹는다
둥글고 달콤한 사탕이 눈사람소녀의 입속에서 머뭇거리
지도 않고

검은 피 흰 뼈

밤은 한마리 거대한 짐승

거리가 지워지고 사이가 사라진다 이름을 잊어버리는 순간, 얼굴을 잃어버리는 순간, 낯선 자들 사이로 혈관이 이어진다

검은 피가 흐르고 흰 뼈가 돋아난다

대낮의 시야에서 심연을 맞닥뜨린 자들이 왜 눈을 감는지, 밤이면 자기 살을 만져도 왜 누군가를 쓰다듬는 느낌이 드는지

흰 뼈에 검은 피를 묻혀 기록할 수 있을 것 같은데

오고야 마는 빛이 밤의 목을 내리친다 가죽을 벗기고 뼈를 발라낸다

까만 외투도 숨소리도 사라진다 검은 피 웅덩이는 마르

고 흰 뼈들도 보이지 않는 무덤으로 쓸려갔으니

어둠의 혈육이었다는 사실을 까맣게 잊은 채 빛 속으로
걸어나오는, 다시 낯선 얼굴들

아침에서는 피 냄새가 난다

너를 만지다

여기는
기록의 도시, 어떤 시간이든 불러낼 수 있는
이야기의 세계

오랫동안 전해져온 문서를 펼치면
왕의 출생에 관한 일화와 무수한 일대기와 이미 지나가
버린 미래…… 시간의 연대기를 완성할 수 있을 것 같은데

노비의 유언과 곤궁한 시절의 농담, 저잣거리에 떠돌던
불경한 소문은 어디에 기록되어 있나

사라진 이야기가 궁금해지면
나를 만진다

여기는
종이 한장 갖지 못한 자들이 제 몸을 펼쳐 이야기를 기록
하는 곳

아무도 언급하지 않는 시간이 궁금해지면
너를 넘긴다
옮겨적듯 소리 내어 읽는다

수천수만번째의 필사본을
옮겨쓸 때마다 조금씩 달라지고 마는

한낮의 밤에 흰 그림자

그들은 밥 먹고 일하고 잠을 잤지
어리석게도
자신이 인간이라 믿으며

대낮의 세계를 꿈꾸기도 하였지
우습게도
어두운 손을 맞잡고
거리를 활보하는데

빛이 몸을 통과했지
바람이 머뭇거리지도 않고 지나쳐갔지

유령이 아니야
유령들이 유령의 말로 소리쳤으므로
고요한 세계

발가벗어도 외설이 되지 못하고
피 흘려도 사소한 장애물조차 되지 못하고

시간마저 그들을 통과해서 유유히 흘러갈 때
내가 유령이었나
우리가 정말 유령이란 말인가
서로 묻다가

일을 그만두고 식음을 전폐하고 밤을 지새우며
유령이 되어갔지
불행하게도
자신이 유령이라 믿으며

가장 높은 곳에

반도(半島)처럼 툭 튀어나온 두 다리는
걸어가지 뛰어다니지 어디로 가는 줄도 모르고

두 손은
밥 짓고 일하고 청소하지 무엇을 위해서인 줄도 모르고
기도하지

그리고 머리가 있다
머리가 망가지면 죽는다 심장이 뛰어도 두 팔 두 다리가
멀쩡해도 죽는다 의사는 말하겠지 그만 식민지들을 내놓으
라고

대한민국의 영토는 한반도와 그 부속 도서로 한다 인간
은 머리와 그 부속으로 이루어진다

머리는 생각하고 반성하고 명령한다

복종하는 몸이지만

제멋대로 움직이고 싶은 때가 있다

가끔은 주먹 쥔 손이 머리를 때리기도 한다 곧 주먹을 펴
서 머리를 문지르며 용서를 빌지만

그런 순간이 좋다

밤의 고양이

자, 걷자
밤의 일원이 된 걸 자축하는 의미로
까만 구두를 신고

정오의 세계를 경멸하는 표정으로
지붕 위를 걷자
불빛을 걷어차면서

빛이란 얼마나 오래된 생선인가

친절한 어둠은 질문이 없고
발자국은 남지 않을 테니

활보하자
밤의 일원이 된 걸 자책하는 의미로
까만 구두를 신고
이 세계를 조문하는 기분으로

습관들

태어나기 전부터 몸에 새겨진 습관은
내 몸에 살았던 타인의 흔적

말하는 시간이 말하려는 날들인가 도착한 곳이 닿으려던
곳인가 부르는 이름이 부르려는 당신인가

나는 타인의 누적
습관은 내가 나의 하인일 뿐이라는 증거

나를 반복하는 중이다
머무르는 자, 곧 추방될 자, 나는 나에게 패배할 것이
다……

습관은
앞서 지나간 자들이 남긴 계율
나는 나를 번복하지 못한다

검은 염소의 시간

눈을 감는다
귀 기울이면 소금 한짐을 지고 오는 염소의 발소리가 들
린다

곁에 눕는 염소는 검은 염소다

팔꿈치에 닿는 심장박동이
하나 둘, 다시 하나 둘, 또 하나 둘…… 우리는 같은 박자
로 숨을 쉬고

나는 순백의 손바닥으로 염소의 옆구리를 어루만지고 염
소는 그 부드러운 뿔로 내 엉덩이를 들이받는다

염소는 길고 부드러운 털을 가지고 있다 긴 혀가 있고 아
름다운 입술이 있다 길고 푸른 울음소리를 간직하고 있을
것 같다

우리는 흰 순간에 대해 이야기를 나누었던 것 같다

눈썹이 긴 염소는, 수염이 긴 검은 염소는 잘 잔다

같이 잠들고
같은 꿈을 꾸고

아침이 오면
방문을 열고 사라질, 아직 곁에서 잠자는 염소는 무릎과
발굽에 조금씩 흰 털이 있는 검은 염소다

주전자

누가 내다 버렸을까
우그러지고 칠 벗겨진 달이 비를 맞는다
지붕도 처마도 없어
빗방울이 광대뼈에 그대로 꽂힌다

높이 떠올랐을 때 그 빛으로 여럿이 따뜻했겠다
달을 두고 둘러앉아 동그랗게 입술을 모으기도 했으리

기울이면 온기가 흘러나오고 기울이면 사랑이 흘러나
오고

달 속으로 들어가 한잔 술을 마시는 자가 있었으리
달을 향해 두 손 모으는 아이들이 있었으리

월식의 밤이면
곤궁한 얼굴들은 지척에 있어도 서로를 분간하지 못하였
겠지만
그림자의 시간을 돌아서 다시 떠올랐을

저 노란 달

여기저기 함몰된 채 비를 맞고 있다
피할 수 없는 주먹처럼 쏟아지는 세월의 골목에서 떨고
있다

이제 아무도 저것을 달이라 부르지 않는다
저 달에는 아무도 살지 않는다

눈사람베이커리와 아프리카편의점

1

흰 가운을 입는다 눈사람의 몸통에 꽂힌 막대 같은 손으로 밀가루 반죽에 칼집을 내고 오븐에 넣는다 얼마 전 반죽 덩어리처럼 누워 있던 아내는 일어나지 못했다 많은 칼집을 지닌 아내를 무덤에 넣고 봉분을 닫았다 익어가는 반죽 덩어리에서 모락모락 사라지는 영혼, 노릇노릇해지는 몸, 오븐을 열자 열기가 쏟아진다 봄날의 눈사람처럼 땀이 쏟아진다 눈과 코, 끝내 온몸이 흘러내릴 것만 같다 밖을 내다보자 맞은편 편의점이 보인다 점원이 열어젖히는 냉장고 문, 저 얼음벽돌 속에 녹아내리는 몸을 집어넣고 싶다

2

편의점은 커다란 냉장고, 주인만이 플러그를 뽑을 수 있어요 천장 모서리에 걸린 볼록거울을 들여다보자 몇달째 진열대에 처박혀 있는 정어리의 얼굴, 잠 속으로 몇걸음 들어서다 화들짝 도망쳐 나와요 냉동차에 갇혀 죽었다는 사람이 떠올라요 냉기가 들어오지 않았는데도 얼어 죽은 사내, 살갗에 얼음꽃이 돋아날 때 그도 적도까지 헤엄쳐가는

꿈을 꾸었을까요 교대 근무자를 기다리는 아침, 동면에서
풀려난 물고기처럼 피를 녹이고 싶어요 맞은편 베이커리의
저 뜨거운 오븐 속으로 헤엄쳐가고 싶어요

3
눈사람과 정어리의 눈이 마주친다
하나의 심장으로 서로 다른 표정을 짓는 샴쌍둥이처럼

무릎으로 남은

모래가 사막을 건너고 있다
몇번이나 쓰러졌다 일어서는 모래의 무릎이 빛난다

아름다운 무릎이란
한번의 상처로 얻는 게 아니어서
저 모래는 아슬아슬한 생애를 몇번이고 건넜을 것이다
시간에게 수차례 무릎 꿇었을 것이다

구부러진 생애가 무릎으로 남는 법
그걸 무릎의 세습이라 부르자

들판을 질주하는 무릎이었으며
걸음 멈추고 식물의 생을 견디는 무릎이기도 했을
또 한번 생이라는 낭떠러지를 지나는 모래들

쓰러지는데
이번 생에서도 길을 잃는데

다시 흘러가며 서로 어루만진다

나는 상처 많은 무릎을 끌어안은 채
구부러진 생을 구술하는 모래 속으로 손을 넣는다
무릎으로 남은
지난 여러번의 생애를 헤아려보는 것이다

나는 지금 무릎걸음으로
수천수만번째의 나를 건너는 중이다

검붉은 밤, 거기에 노래

양경언

1. 한마리의 몸

"시는 온몸으로, 바로 온몸을 밀고 나가는 것"이라고 김
수영이 힘주어 쓴 저 문장을 마음에 새기지 않는 시인은 없
을 것이다. 많은 이들이 '온몸'의 함의에 내내 골몰해 있는
동안 우리에게 시는 '이미 몸이 된 말'의 다른 이름이 되었
던 셈이다. 어떠한 접촉도 없이 태어난 시를 우리는 본 적
이 없기 때문이다. 어엿한 존재와 느닷없는 삶이, 혹은 머리
와 가슴, 사유와 사물, 연필과 종이가 각각 저 자신의 구체
적인 몸으로 서로를 마주할 때, 해서 이들이 '온몸'으로 새
로운 세계를 개시할 때, 시는 탄생한다. 그러나 당연시되는
말일수록 한번 의문을 품고 쳐다보기 시작하면 더욱 생경
해지는 법이다. '온몸으로 밀고 나가는 시'라니. '몸'의 정
체는 도대체 무어냔 말이다. 하여 곧이곧대로 일컫고도 싶

은 것이다. 이를테면 시인이 그의 망막과 수정체를 통해서 시의 일부로 삼으려는 어떤 대상을 본 후, 자극을 받은 시인의 뇌신경이 혈관에 다른 리듬을 부여하기 시작하는 과정이라거나 시인의 감각중추에 의해 편집된 대상이 결국 언어로 갈무리되어 나타나는 상태라거나…… 그도 그럴 것이, 실제로 시인의 몸과 마음을 마모시키지 않은 채로 태어난 시를 우리는 본 적이 없다.

유병록의 시에 대해 말하려는데 우리는 '이미 유기체가 된 시'에 대한 상상을 먼저 해버렸다. '유기체'란 말이 주는 엄숙함 때문에 바꾸어 표현하자면, 유병록의 첫 시집에서 우리는 살아 있는 신체의 기능을 스스로 수행하는 말의 현장을 목격한다. 이는 시에서 그려지는 세계가 당장이라도 손에 잡힐 듯이 구체적인 물질성을 띠고 있다는 얘기다. 지금 시를 쓰는 자가 관통하고 있는 곳이 어떠한지를 보라. 사방은 밤의 살갗으로 덮여 있다.

밤은 한마리 거대한 짐승

거리가 지워지고 사이가 사라진다 이름을 잊어버리는 순간, 얼굴을 잃어버리는 순간, 낯선 자들 사이로 혈관이 이어진다

검은 피가 흐르고 흰 뼈가 돋아난다

— 「검은 피 흰 뼈」 부분

어둑한 탓에 잘 보이지 않게 된 "거리"를 "지워"졌다고
표현하는 까닭은 "한마리 거대한" 몸이 그를 삼킨 이후이
기 때문일 것이다. 짐승의 내부로 단숨에 전환된 세계에
서 '나'와 '너'의 차이를 확인하기란 어렵다. "이름"도 "얼
굴"도 무화된 만큼 혼란도 가중됐을 터이다. 그런데 여기는
"짐승"의 속. 이 어둠은 밤의 살갗이 우리를 덮고 있다는 증
거이지 않은가. 여기와 저기를 가르는 "거리"가 지워진 대
신 그 자리는 "혈관"이 되어 '나'와 '너'의 연결을 돕고 있
다. 우리는 "한마리 거대한 짐승"인 밤의 일부, 밤의 기관
(器官)으로 여기에 있는 것이다. 혈관으로 연결되어 있는
한 우리는 각자의 자리에서 자신의 역할을 수행하면서도
서로가 "밤"에 복무하고 있음을 안다. "자기 살을 만져도"
"누군가를 쓰다듬는 느낌이 드는" 이 일은 "오고야 마는 빛
이 밤의 목을 내리"칠 때까지 계속된다. 때문에 이 밤의 캄
캄함 속에서는 낮 동안 살아 있음을 확인할 길 없던 존재의
안와(安臥)까지도 깊숙이 느껴진다. 비로소 "검은 피가 흐
르고 흰 뼈가 돋아난" 존재가 새로이 개시되는 것이다(이
때 '새롭다'는 말은 밤의 일부가 되었을 때야 깨어난 우리
의 감각으로부터 빚어진 표현이겠다). 이를 시인에게 임박

한, 아무것도 쓰여 있지 않은 흰 종이 위에 검은 잉크가 새겨지면서 새로이 시가 탄생하는 순간이라 해도 무방하다(이때 '새롭다'는 말은 "피"와 "뼈"와 "혈관"과 "살"과 "가죽"과 "숨소리"에 힘입어 시의 틀을 등에 업은 채 나타난 "한마리 거대한" '몸'으로부터 빚어진 표현이겠다).

유병록은 육화(肉化)에 능한 시인이다. 꽃이 피고 지는 순간에 근육의 움직임을 감지하는 것은 물론이거니와("땅에 묻힌 자가 팔을 내밀듯/피어나는 꽃/아름다운 완력도 시간을 구부리지 못한다", 「완력」), 침묵까지도 시간을 밀고 가는 수행자로 여긴다("시간은 간다/너의 침묵이 밀고 간다 너의 부재가 밀고 간다", 「밀고 간다」). 거칠 것 없이 장대비가 내리는 풍경은 어떤가. 그 속에서 시인은 수차례 혼절하는 물방울들을 보기도 한다("굽이를 지나 낭떠러지에서 뛰어내리는 물방울, 뼈가 부서지고 체온이 탈출한다 살점이 공중으로 튀어오른다", 「중력의 세계」). 단지 신체와 연루된 시어를 사용해서 그렇다는 것이 아니다. 오랜 시간 지속적으로 공을 들여야 아이의 뼈와 살이 자라는 것처럼 시에서 살피는 대상이 맞이하는 매 순간 중에 결코 쉬운 때란 없음을, 그리고 그 순간이 언어로 솟아나는 과정 중에 감염되는 우리의 정서 역시 거저 얻어지는 게 아님을 느끼게 한다는 의미에서 그렇다는 것이다. 시인은 매 순간이 단 한번의 점화로 사라지는 것이 아니라 다음으로 전화되리라 믿는 것 같다. 한번은 아무것도 아니다. 그러니 지금이 전부는 아닐 것이다. 시인 덕분에 우리는 부분으로 전체를 말하는 제유의 방식을 빌려 여기와 여기 건너의 다른 무엇을 잇는 '필연'을 이해할 수 있게 된다. 가령 "아무도 부축하지 않는" 어느 "구부러진 자"는 "지구가 업고 간다"는 정황(「구부러지고 마는」)이나, 황량한 사막에서 사람들이 타고 다니는 가축이라도 되는 양 "몇켤레의 구두와 울음을 신고" "불안조차 들어올"려야 하는 엘리베이터의 과업에 대한 장면(「엘리 엘리 라마 엘리베이터」)이 시에 등장할 때, 우리는 중력으로부터 자유로울 수 없는 관계들이 '그렇게 될 수밖에 없는' 지금 이 순간의 무게를 실감나게 전해주고 있음을 느낀다.

멀리 돌고 와서야 이해할 수 있는 인과(因果)가 구체적인 '몸'의 운동성으로 드러난다는 의미에서 유병록을 '육화에 능하다'고 했다. 여기에서 물리적인 삶의 총량이 느껴진다면, 그것은 당신이 느끼는 이번 생의 무게감이 결코 당신에게만 해당되는 이야기가 아니라는 뜻도 될 수 있겠다. 당신 역시도 이 세계의 제유로 표현될 수 있다면(살아 있는 당신의 몸이 곧 지금 세계의 증거라 할 수 있다면), 당신은 필연적으로 다른 무엇들과 연결되어 있는 것이다. 우리는 모두 중력으로부터 자유로울 수 없는 세계의 일부분이다. 어쩌면 우리가 이 세계의 기관일지도 모른다는 자각이, 우리에게 사과 하나의 갈라지는 틈새에도 우주가 깃들어 있음을 새삼 일깨워주는 것일 수도 있다("쪼개진 단면은 붉게 변해 서로 낯선 얼굴을 한다//비애가 탄생하고 죄와 용서가 분리된다//바다를 사이에 둔 대륙처럼 멀어지고 서로를 모방하는 표정이 실패할 때//이쪽 기슭의 눈먼 벌레들이 더 이상 저쪽의 시간으로 건너가지 못할 때//사이에 부는 바람에도 균열이 인다", 「사과」). 그러고 보면 끝내 전체를 조망하지 못하므로 언제나 부분으로밖에 체험될 수 없는 게 또한 인간의 삶이지 않은가.

2. 사물의 살과 수혈되는 붉은빛

유병록이 운용하는 또다른 제유로 '책'을 떠올릴 수 있겠다. 문자와 종이의 관계를 뼈와 몸으로 여기는 시인에게 한 권의 책은 곧 생의 축약이다. 해서 독서 행위를 생의 구체로 다가오게 하는 계기도 몸의 "만지는" 행위를 통해서다("늙어서 죽은 자는 지혜의 책이, 젊어서 죽은 자는/혁명의 책이 된다더군/아이가 죽으면 예언서가 된다더군//삶에 관한 의문이 드는 저녁에 쓰다듬는/한권의 생이 된다더군"(「사자(死者)의 서(書)」). "아무도 언급하지 않는 시간이 궁금해지면/너를 넘긴다/옮겨적듯 소리 내어 읽는다"(「너를 만지다」). —밑줄은 인용자). 손과 책이 각자의 뼈와 근육의 꾸

러미인 살로 서로를 탐구하는 순간에 촉발되는 온기가 얼마나 두터운지에 대해서는 굳이 더 말하지 않아도 될 것이다. 질감을 두루 나누는 '만지는' 순간만이 조각으로 분리된 각각의 존재들로 하여금 충만한 생을 유사 경험할 수 있게 한다.

누군가의 살을 만지는 느낌

따뜻한 살갗 안쪽에서 심장이 두근거리고 피가 흐르는 것 같다 곧 잠에서 깨어날 것 같다

순간의 촉감으로 사라진 시간을 복원할 수 있을 것 같은데

두부는 식어간다
이미 여러번 죽음을 경험한 것처럼 차분하게

차가워지는 가슴에 얹었던 손으로 이미 견고해진 몸을 붙잡고 흔들던 손으로

두부를 만진다
지금은 없는 시간의 마지막을 전해지지 않는 온기를

만져보는 것이다

———「두부」 부분

두부의 얌전한 모양을 설핏 봐서는 눈치챌 수 없는 사연
이 "만지는 느낌"을 통해 전해진다. 그러나 두부의 흰 살을
만지는 "순간의 촉감"으로 "복원할 수 있을 것 같은" 것은
비단 두부의 반듯한 몸이 만들어지기까지의 시간만은 아
닌 듯하다. 부서지고, 으깨지고, 들끓기도 했다가 때로는 단
단하게 서 있기도 했던 '나'의 "사라진 시간"도 "만져지는"
듯한 것이다. 그것이 반갑기도 하지만, 이미 나의 것이 아
니게 된 한때의 나를 만나는 일은 서늘하리만치 낯설다. 두
부가 내게 살을 내어주는 순간을 수용하면서 "있음의 무목
적성을 통해 구성되는"(장뤼끄 낭시 『코르푸스 — 몸, 가장 멀
리서 오는 지금 여기』) 타자성을 나의 손에 들어서게 한 것이
다. 사물의 살을 "만지는" 느낌은 그 찰나의 온기로 이르는
법열일 때도 있지만, 이처럼 스스로의 표피를 통해 결코 내
가 될 수 없는 '너'와의 접촉으로 말미암은 것이기도 하다.
만지는 순간이 없다면 충만한 생이란 그저 환영에 불과할
뿐이다. 그러니 두부의 살을 만질 때, "따뜻한 살갗 안쪽에
서" 느껴지는 "심장"의 두근거림과 흐르는 "피"에 우리의
감각은 더욱 예민해져야 하는 것이다. 나의 손과 너의 살이
서로를 만질 수 있도록 직접적으로 이끄는 힘이 거기에 있

기 때문이다. 심장과 피의 '붉은빛'이 새어나오는 시를 읽는다.

붉게 익어가는
토마토는 대지가 꺼내놓은 수천개의 심장

그러니까 붉은 달이 뜬 적 있었던 거다 아무도 수확하지 않는 들판에 도착한, 이를테면 붉은 달이라 불리는 자가

제단에 올려놓은 촛불처럼, 자신이 유일한 제물인 것처럼 어둠속에서 빛났던 거다 비명을 삼키며 들판을 지켰으나

아무도 매장되지 않은 들판이란 없다

(…)

올해의 대지에도 토마토는 붉게 타오른다 들판 빼곡히 자라난 붉은빛이 울타리 너머로 흘러넘친다

토마토를 베어 물 때마다

122

내 심장으로 수혈되는 붉은빛

———「붉은 달」 부분

첫 시집의 첫번째 순서에 배치되어 있는 만큼 시인의 이후 모든 작품마다 내내 붉은빛의 강렬함이 스며들도록 기운을 북돋아줄 듯한 시다. 시적 현장은 밤 시간대의 밭에서부터 시작하는데, 그 정조가 고요하지도 않거니와 나른하지도 않다. "붉은 달"이기 때문이다. 이곳은 토마토가 박혀 있는 지상의 붉은빛이 지구의 중력에 따라 명도를 더해가고, 달의 중력이 거기에 맞서면서 엉키는 장소라 해야 어울리겠다. 하루를 구성하는 시간의 혈관으로 '밤'은 한순간에 이 거친 투쟁의 숨결을 불어넣는다. 그런데 "붉은 달"은 "아무도 수확하지 않는 들판에 도착한" 바 있던, "비명을 삼키며" 어둠속에서 "들판을 지켰"던 전설 속 누군가의 이름과도 같다고 하지 않았나. 대지에 자욱한 붉은빛은 기실 풍년을 이루는 들판이 잃어버린, 혹은 삼켜버린 역사의 현시이기도 한 것이다. 오늘 들판이 살이 찌는 이유는 모두 그에 빚진 덕분이다. "대지가 꺼내놓은" 것은 토마토가 아니라 "수천개의 심장"이 맞는다. 그러니 지금 내가 "토마토를 베어 물 때마다" 나의 심장으로 새어 들어오는 이 "붉은빛"은 "아무도 매장되지 않은 들판이란 없다"는 구절의 사유이미지다. 토마토를 삼키는 행위는 곧 "붉은 달"이 뜨게

하는 주문과도 같은 것. 그러니까 지금 여기에 당장, 잃어버린 역사가 '나'의 몸을 관통하게 하는 일. 그리하여 종국엔 과거와 현재가 연속성을 갖도록 하는 일. "심장"의 두근거림과 흐르는 "피"에 우리의 감각이 열려 있다면, 우리는 토마토를 "베어 물"면서도 생의 운동적인 과정을 실감하게 될 것이다. 결국 '나'의 발이 지금 여기에 묶여 있을지언정, 또한 내가 이 세계의 보잘것없는 한조각에 불과할지언정, '나'는 최선을 다해 박동함으로써 역사에, 미래에, 여기가 아닌 어딘가에, 나 이외의 다른 이들에 연결될 수 있는 것이다.

시인에게 주어진 임무란, 우리가 우리 자신도 모르는 사이에 잃어버린 박동을 되살리는 일이기도 하다. 유병록은 그것을 억지로 짜내야 한다는 강박도 없이 음소를 세포처럼 이용하거나(「무릎으로 남은」에서 "모래"와 "무릎", "구부러진 생"과 "구술"과 같이 'ㅁ'과 'ㄹ', 'ㄱ'과 'ㅅ'의 활용), 종결어미를 같은 결로 정돈하거나, 또는 사물의 심정을 입말로 전하며 사물이 애초부터 품고 있었을 아득한 리듬을 꺼내놓는 방식(「망치」)을 동원하는데, 그로 인해 시의 박동은 멈추지 않게 되고, 시에는 매일매일 신선한 피가 돌게 된다. 시에서 느껴지는 운율이란 "반복될 수 없는 인간의 생명"(옥따비오 빠스)에 다름 아니다. 그러니 우리는 심장과 피의 색채인 "붉은" 달이 뜨는 밤 시간대의 어둠에 대해

서, 언제나 붉은빛이 스며드는 유병록 시의 어둠에 대해서
거듭 생각해볼 필요가 있는 것이다.

3. 사람의 노래

　최종의 고독을 이해하는 논리가 어둠속에 숨어 있기 때
문이다. 우리는 어둠속에서 섞이지 못한다. 각자의 자리에
서 저마다의 역할을 수행하며 어둠을 지킬 뿐이다("누군가
의 통증을 이해한다는 것은 오래된 오해, 구름은 지상의 비
명에 귀 기울이지 않을 것", 「중력의 세계」). 그러나 나의 건
너편에서 나와 같은 역할을 수행하는 누군가와의 연결성을
상상할 수는 있지 않은가. 우리는 어둠의 저편에서 들려오
는 염소의 희미한 울음소리를 지나치지 않고, 그이의 심정
을 나의 상황에 매개하여 가정할 줄 안다("아무리 둘러보
아도 한뼘의 초원이 보이지 않을 때, 자신의 뒷발로 사다리
를 밀쳐낸 기억이 떠올라 흰 털들이 곤두설 때//이 세계를
들이받기로 결심했던 것일까//빛나는 털을 가진 세계도 어
두워질 때, 두고 온 이름들이 눈동자 속으로 절뚝절뚝 걸어
들어올 때", 「지붕 위의 구두」). 나와 너는 분리된 채로 우두
커니 세계의 부분으로 있을 뿐이지만 바로 그러한 이유로
우리는 서로에게 내내 기울어질 수 있는 것이다("사이의

고요에 귀를 대본 적이 있었다/(…)/어둠속으로 사라진 박쥐와/손끝에서 맴돌다 날아가버린 두근거림", 「흰 박쥐의 일을 여기에 적어둔다」). 그때, 어둠은 더이상 어둠이 아니게 된다. 그이로부터 새어나오는 입김과 거기에 반응하는 '나'의 박동이 뒤엉켜 붉은빛이 스며든 어둠이기 때문이다. 벼랑 끝에 서 있는 삶일지언정 최종의 고독을 지키려는 배짱이 거기엔 있는 것 같다("나는 보았다/부서진 짐짝 밖으로 쏟아져나온, 검은색이 대부분인 조각들 사이에서 드물게 빛나는 순간을//짐꾼은 망설이지 않고 부수더라", 「짐짝들」).

"시는 온몸으로, 바로 온몸을 밀고 나가는 것"이란 문장 앞에서 우리가 골똘해했던가. 유병록의 경우 '시는 더듬더듬 온몸으로 여기를 지키며, 더듬더듬 온몸을 저기와 연결하는 것'이다. 시인의 '온몸'은 부득이한 중력의 세계에서도 거기에 순응하지 않으려는 안간힘을 낼 줄 안다. 그렇다고 해서 시의 온도가 내내 뜨겁지만은 않을 것이다. 뜨겁게 곤두섰다가도, '온몸'에 겹쳐지는 숱한 이들의 숨결이 금방 그를 식힌다. 그래서 유병록 시의 온도는 오롯이 36.5도다.

梁景彦 | 문학평론가

내가 하는 게 무엇을 짓거나 부수는 일, 둘 중의 하나라고 생각한다. 짓는 일을 생각하면 머릿속에 한채의 집이 떠오른다. 그 집은 나무로 지은 집이다. 그렇다면 나는 무엇하러 시간의 숲에서 숱한 나무들을 베어다 이 문자의 집을 지었을까. 겨우 비를 피할 수 있는 이 집에서 나는 살아갈 것이다. 누추한 곳이지만 누군가를 초대하고 싶어지기도 할 것이다. 잘 참아내는 날이 많을 것이다. 그러나 누가 기별 없이 찾아오지는 않는지 가만 내다보는 오후까지 어쩌지는 못할 것이다.

기꺼이 자신을 베어 이 집의 기둥이 되어준 사람들에게 감사할 따름이다.

2014년 2월
유병록

창비시선 371

목숨이 두근거릴 때마다

초판 1쇄 발행/2014년 2월 25일
초판 8쇄 발행/2024년 4월 15일

지은이/유병록
펴낸이/염종선
책임편집/윤자영
펴낸곳/(주)창비
등록/1986년 8월 5일 제85호
주소/10881 경기도 파주시 회동길 184
전화/031-955-3333
팩시밀리/영업 031-955-3399 편집 031-955-3400
홈페이지/www.changbi.com
전자우편/lit@changbi.com

ⓒ 유병록 2014
ISBN 978-89-364-2371-1 03810